KB089628

바닷물 연고

바닷물 연고

박미자 시집

작가

얼마나 기다렸던가.
내 들창에 어렴풋이 들리는 새들의 지저귐을…

한편의 시조가 종소리처럼 번져서 현실의 닫힌 귀를
열 수 있기를 꿈꿔왔다.

오늘,
새로운 걸음을 시작으로
조붓한 둘레길이 하나 생긴다면, 그대여 걸어오시라.

2023년 여름
박미자

차 례

시인의 말

제1부 언저리만 맴도는 맛

2부 자유가 더 두려웠다

3부 짧게 끊는 스타카토

4부 꿀잠은 내게 주시고

5부 좌표를 다시 찾고자

해설

1부
언저리만 맴도는 맛

겨울 꽃무릇

그대
그리는 맘
눈보라 다 물리치고

꽃대궁 돌려대던
바람도 얼어있다

자리를
지킨다는 건
오롯이 견디는 일

노포老鋪
— 임대차보호법

재개발 바람에 밀려 거리로 내몰렸다
어쩔 수 없는 현실 당연한 수순이다
어시장 비릿한 굴레 상인들이 수척하고

나름의 해석으로 버티는 임차인과
세상물정 잣대로 들이미는 임대인들
바람은 중개인처럼 양쪽 눈치 살펴 불고

마천루 높아질수록 입지는 좁아진다
내몰린 터전 앞에 휘청이는 발걸음
뒷짐만 지고 있는 법, 누가 누굴 보호할까

핑퐁게임

이쪽으로 쏠렸다 저쪽으로 간다고

한 곳에 있지 않고 이리저리 옮긴다고

함부로 말하지 마요, 밥줄이 걸렸어요

그 겨울 실루엣

한파가 몰아치는 포구 한쪽에서
중무장한 전사처럼 오징어 배를 땄다
그 애가 풀풀 날리던 입김으로 녹는 아침

조례가 끝날 즈음 헐레벌떡 들어서다
아이들 시선에도 말간 웃음 흘리면서
하루를 힘차게 열던 우리 반의 여장부

설 대목 수산물시장 낯익은 얼굴 본다
잘 차린 건어물 점포 주인이 되었구나
떡잎을 보고 알았지, 뒷모습도 빛이 났다

택배를 부치며

둥지 떠난 자식 생각 엄마는 늘 새우잠
이것저것 밑반찬을 조물조물 무쳐본다
찬통에 담겨진 것은 식지 않는 그리움

갓 찧은 햅쌀을 페트병에 담아 놓고
사과와 감 두어 개, 귀퉁이에 넣는다
온기도 없을 객지에 난 시절 건너기를

간절함도 말아 넣고 단단하게 여민다
지난날 딸 걱정에 들창 멀리 바라보며
아버지 소지 올리던 그 마음도 이랬을까

틈새 밥집

시간이 없으시죠 후다닥 들고 가요
고시촌에 존재하는 허름한 컵밥 식당
뒤섞인 한끼 밥그릇 허겁지겁 찾아봐요

시험에 매달린 지 어언 삼 년 훌쩍 가고
기대 찬 눈망울에 그림자 짙어질 때
골목길 바람 가르며 오늘을 이어가요

헛헛할까 염려하며 꾹꾹 누른 마음까지
커피보다 더 가볍게 단숨에 비워냈죠
아름찬 발걸음으로 내일을 디딜 수 있게

하울링

안방을
비워둔 지
십 년이 지나갔다

다시 온기 채워보려
장판 열 높였더니

나란히
속삭이던 말
환청처럼 들린다

핫스팟

'뜨거운 것이 좋다'던 그 영화 떠올리며

당신은 그럴지라도 난 아직 아닙니다

하나만 빼고 다 바꿔, 어느 오너 일침처럼

달궈진 가슴 온도 전달이 되기까지

개울 건너 강 언저리 저만큼 기웃댑니다

유리벽 너머에 있는, 당신 그저 바라볼 뿐

커피

할 말 못 할 말이
컵 속에 빠져 있다

세포를 확 깨우며
목 후끈 데워질 때

비로소
숨은 악마가
혀를 날름거린다

프라이팬

새로 산 전기제품 추석 전날 꺼내놓고
다소곳이 혼자 앉아 고기를 굽는 동안
서서히 불기가 오르는 기다림을 배운다

좀 더 젊은 날엔 마치 가스불처럼
단번에 후끈하게 넘치곤 했었는데
보란 듯 불꽃을 올리며 에너지를 쏟았는데

차오르는 달을 품고 은근하고 뭉근하게
이 저녁 고요마저 익히게 되기까지
얼마나 많은 보름달 기울었다 찼을까

노릇노릇 구워지는 시간을 음미하며
알고도 모르는 척 눈감아 줘가면서
그렇게 익어가라고 한 번 더 가르친다

무장아찌

동치미 건더기로 밑반찬을 만드셨다

한세월 잘 우려낸 어머님 알뜰 손끝

이제야 근처에 갔다, 언저리만 맴도는 맛

쇠비름의 날들

들끓는 여름날을 나물로 식혀볼까
고집센 당신이 좋아하는 찬이라니
정성껏 데치고 무쳐, 한 보시기 올려봐?

어머니 손맛이야 따라갈 수 없겠지만
그득하게 잡수시면 기질 좀 꺾여 질까
우리 둘 가깝고도 먼, 거리 한 번 좁혀봐?

기계음에 적막강산 병상에 누웠어도
외골수 사시사철 여전히 명령이다
지치는 시간의 그늘, 허공에나 던져봐?

며느리 백서

한복에 코고무신, 집성촌 따라 돌며
큰절로 인사드린 그런 때가 있었네요
볼 발간 새색시 시절 새삼스레 떠올라요

머리 하얀 할머니가 아지매라 날 부르며
맨입에 갈 수 없다 차려내 온 다과상을
두 손에 받쳐 들고서 어쩔줄 몰라했죠

첫 아이 가졌을 때 돌아가신 울아버지
그 아이 낳고 나니 시아버지 따라가시고
어머님 병수발하며 시집살이 꾸렸지요

설날 아침 차례상을 분주히 차리면서
며느리 자리매김 이제야 알 듯해요
십여 년 섬이 된 길목 가없는 길이네요

간장을 달이며

말통 가득 달여 놓고
유품으로 건네주신

달고도 짭조름한
엄마 말씀 듣고 싶어

한 방울 혀끝을 쏘도록
봄날을 끓여낸다

2부
자유가 더 두려웠다

약은 입에 쓰다

독설을 듣고 나니
정신이 오롯하다

잘 벼린 마음 칼로
아집의 싹을 베니

꽉 막힌
혈관 하나가
시원하게 트였다

임플란트

당신의 빈자리가 이렇게 크다는 걸
진즉에 알았다면 시행착오 없었을 걸
되돌려 다가간다면 붙박이로 살 것을

원래 있던 자리를 가차 없이 밀어내고
어설프게 다가와선 염치없이 들어앉네
부푸는 그 헛헛한 시간 의연하게 지켰다

처음엔 삐걱대며 퍽이나 낯설었지
다독다독 어르면서 아귀가 맞아질 즘
기나긴 사투의 날들 소롯하게 눈 감았다

하늘을 우러러

수학여행 가서 사온 나무에 새긴 시구
부끄럼 없이 살자… 살 수 있다, 다짐했다
한평생 좌우명이던 그 말에 이끌려서

희망퇴직 소용돌이에 중심축 흔들리자
장손의 저 뒷모습 그림자는 길어졌다
하청을 전전하더니 조금씩 짙어지고

윤동주 생가에서 돌아보는 자책의 날
어느덧 내 별에도 가시가 돋아났다
쪽마루 어디쯤인가, 바람으로 스친 손길

발

– 노천 빨래터

어릴 적 개울에서 찰방찰방 뛰놀 때는
돌부리 세상인 줄 까마득히 몰랐었지
울 엄마 치맛자락이 가림막이 되었지

맹추위 불어오던 월세방 공동 빨래터
걸쭉한 입담들로 얼음장 깨어가며
궁핍한 살림살이는 방망이에 녹여냈지

인도의 도비왈라* 몸짓이 경건하다
해종일 세탁물에 발 담그고 주무르고
표백된 거북 발바닥 저 애달픈 발돋움

* 직업적으로 빨래를 해 주는 사람들

32

탈피

화장을 다 지우고 거울 앞에 앉고 보니

덧칠해 살아왔던 그림자가 얼비친다

한 겹씩
벗겨진 껍질
허물조차 버리는

혀

이말 저말
부드럽게 머금고 있다가도

함부로
뱉어내면 날 선 가시 되지

겉으로
표 나지 않는 입속의 검은 독침

민낯

아침부터 대로변에 굴착소리 요란하다
쩍 갈린 아스팔트 무엇 숨겨 있을까
깊숙이 파들어 가면 드러날까 진짜가,

의문은 벗길수록 단추 꾹꾹 채운다
한 뼘씩 재며가도 가면은 그대로고
'뉴스'가 럭비공처럼 튀어나온 여름날

급체, 뚫어드립니다

단독주택 밀려나고 들어찬 거대 원룸
허기진 골목 통로 조급함만 차곡차곡
온 동네 휘감는 소리, 밤늦도록 이어진다

밑바닥 하수구도 과부하 걸렸구나
무턱대고 삼킨 것 체증을 참지 못해
울분을 확 쏟아낸다, 칸칸이 흐름 끊고

민낯이 다 드러난 욕망의 저 구토물
그제야 눈비비고 도시는 깨어난다
꽉 막힌 시간의 틈도 누가 제발, 뚫어줘

생각 한 뼘

못 둘레를 산책하다
귀 쫑긋 세워보면

못 안 쪽 가장자리
날갯짓 쩍째그르,

갈대숲 엄마 품인 양
어린 참새 날아든다

무심코 지나친 일
돌이켜 생각한다

내가 먼저 마음 열면
쉬이도 해결 될 일

예민한 더듬이 세워
왜 재고 따졌던가

지식의 이면

그 방을 폭군인 양
십 년을 점령했다

한둘씩 떠나보낸
책장 안쪽 둘러보니

퀴퀴한
곰팡이꽃이
문장 읽듯 피었구나

줄타기

양팔에 하늘 얹고
발걸음 아슬아슬

한 고개 지나도록
실수 할까 조마조마

공중에 길이 있는지
앉고 서고, 훌러덩,

선별진료소

머리부터 발끝까지 방호복에 쌓여있다
우주인 정거장인가 지상의 전사들아
장갑을 벗어 든 손이 허옇게 부풀었다

봄부터 여름까지 그해 겨울 다시 새봄
흰 천막 진료소에 긴 줄이 하염없다
하루치 선별할 목숨 엿보는 바이러스

따개비의 말

당신의
너른 등에
딱 붙어 있을 때는

찰랑대는 물결마저
구속인줄 알았지만

해일이
휩쓸고 간 뒤
자유가 더 두려웠다

3부
짧게 끊는 스타카토

먹선 한 줄

한겨울 석남사에 함박눈 좋이 내려

골짝 물 잠이 들고 발소리 지워졌다

지붕이 사라진 끝에 가뭇하게 고개 내민,

꽃불

골마다 진달래는 흐벅지게 피어나고

봄바람은 스멀스멀 문 앞까지 왔는데

해마다 도지는 멀미 가물가물 아지랑이

핑크뮬리

가을이 기댈 곳은 분홍빛 추억이지
서리치는 머릿결이 깊어지는 강변에서
한밤이
이슥하도록
옛 몸을 나 더듬네

어여뻤던 볼우물에 그늘이 담길 때도
더 어여삐 바라봤던 그대가 있었음에
좁은 길
구불텅한 길
훠이훠이 떨쳤지

삼단 같은 머리카락 하늘 닿게 풀어헤치면
그리운 기억들이 아련하게 돌아올까
물기가
다 마르도록
세어본다 내 스무 살

백두 생각

숨이 턱, 막히도록 끝없는 개미 행렬
그 무얼 찾으려고 끊임없이 전진하나
허공에 발을 디딘 듯 둘레길을 먼저 연다

서파, 북파 올랐어도 꿈꾸는 동파, 남파
애국가 배경이 된 하늘 연못 넓은 품에
해종일 안기고 싶다, 쪽물에 감기고 싶다

오르지 못할 산도 넘지 못할 고개도 없다
막막한 길이라도 그 끝은 보이는 법
운무가 비켜서는 날 서로를 알아보리

집어등

등촉에 불 밝히면 바다가 일어나요
출렁이는 물소리에 심지가 넌출대고
방파제 에둘러가며 해무도 달려오고

집채만 한 파도가 해안을 덮치네요
바다에 저당 잡힌 구릿빛 얼굴 위로
가뭇한 안개 불빛이 바닷길을 여는 동안

당신이 낚은 것이 진정으로 궁금하여
방파제에 홀로 서서 등불을 바라봐요
태풍이 휘몰아쳐도 꺼지지 않을 우리 둘

엎다

꽃들이 몸서리치는 걸 본 적 있나요
입학식 졸업식도 비대면 되는 사이
출하를 기다리던 꽃 갈 곳이 없어졌다

시름이 깊어지면 사랑도 돌아서나
오죽 힘들었으면 갈아엎고 말았을까
겨우내 온실 속에서 희망처럼 키운 꽃을

연두

속 환한
습자지 같이
바스락 부서질 듯

또르르
아른아른
이슬같이
윤슬로 와

까르르
웃는 아이들
잎새 틈새
보는 눈

바닷물 연고軟膏

마그마가 굳어 생긴 검은 바위 해변에서
거북손이 스멀스멀 자라기 시작했다
태왁을 둘러메고서 먼 길 떠난 그 자리에

지난한 날을 깁던 그물코 틈사이로
울음 같은 노랫가락 한 올 한 올 채워지면
아버지 천 근 비늘을 도리깨로 털어냈지

갈고리 손마디를 무명실로 동여매고
'내가 죽어야만 걱정이 끊어지지'
갯바람 살 터진 말씀, 뼈마디에 스민다

나무와 매미

여름 한철 우리 만나 서로를 알아 봤죠
등에 딱 달라붙어 노래를 시작 했죠
한없이 크고 너른 품 모두 내 것이었죠

이리 아양 떨다 날아가 버린다면?
그저 모르는 척 살짜기 안아야지,
소나기 때리는 한낮 가만 지켜볼 거야!

장마 뒤 폭염까지 모두 견뎌내고
올 때처럼 그 몸짓 잊지 말라 당부인 듯
빈 껍질 그대로 두고 간 너를 다시 품는 밤

능소화

공사판 뙤약볕에 삽질이 한창이다

근육질 저 남자의 구릿빛 팔뚝에는

온 가족
일용할 양식
한 덩이씩 매달렸다

늦도록 오지 않는 그 가장을 기다리며

앞마당 불 밝히고 서성이는 저 여자

밤길을
헛디딜까 봐
담장 너머 엿본다

분꽃

간밤에 빗줄기가 꽃잎을 두드렸습니다

그대가 온 줄 알고 입술 방긋 열었지요

진분홍 립스틱 바른 목로주점 여자처럼

이 아침 비 그치고 햇살이 뛰어내려

연노랑 연서 같은 떨림을 수놓으며

분분한 우리 이야기 까만 씨로 앉았습니다

뜸부기

빨간 눈에 흰 부리는 매력의 조건이죠
짧게 끊는 스타카토 그 울음을 들었나요
새끼를 지켜야 하는 어미의 본능입니다

물위를 달려가는 발가락을 보셨나요
내가 혹시 날아갈 때 놀라지는 마세요
판족을 갖고 있는 건 신이 주신 복입니다

물소리 친구삼아 살얼음 강 건넜어요
물닭이라 날 부르는 당신은 누구세요
맞아요, 북녘에서는 그리도 부른답니다

말채나무 그늘아래

물오른 나뭇가지 채찍삼아 후려치며
광활한 들판 지나 한달음에 달려오신
저 바람 가슴에 닿자 휘파람 소리 난다

노거수 그늘아래 명장들 둘러서서
호시절 무용담을 낭창낭창 휘두른다
한때는 길길이 뛰며 이곳저곳 누볐을

흥 오른 장기판을 둘러보는 저 흰 꽃들
가끔씩 출렁이며 그늘을 넓혀주자
끝까지 지켜준다던 그대 어깨 얼비친다

짱돌

갯가에 구르던 날
이리저리 살피더니

컴컴한 항아리에
터 잡고 있으라네

은근히
눌러주어야
깊은 맛이 든다고

4부
꿀잠은 내게 주시고

회전목마

꼬리에 꼬리 물고 파도타기 하고 있다

광장을 잔뜩 메운 색색의 외침이

몇 해를 돌고 돌아도 닿지 못한 저 간극間隙

도마를 생각하다

수년 동안 날 선 칼을
묵묵히 받아냈지

패이고 흠이 난 곳
햇살에 널어본다

그림자 드리운 안쪽
누가 서 계시나

새벽잠을 깨워주던
어린 날의 모닝콜

어머니 바지런한
손끝에서 살아났지

지금도 메아리친다
먼 기억의 도마소리

말맛

모히또 가서 몰디브 한 잔 하자던
주인공 명대사가 마른 혀를 적십니다
뒤바뀐 어정쩡한 말, 그러면서 당기는 말

모래가 쓸려가서 폐허로 변한 해변
삶의 터전 저당 잡혀 오도가도 못한 발길
서러운 파도의 몸짓 샛트림을 하는 나라

영화가 끝나면서 자막이 올라갈 때
맛도 알 수 없는 모히또를 상상합니다
깨금발 높이 올리고 몰디브를 꿈꿉니다

그 자리

대공원 다리 난간에 색소폰 부는 남자

나직이 흘러가는 물소리를 퍼올린다

그 김에 머리 헹구는 수양버들 한그루

구름 따라 청둥오리 하나둘 떠나갈 때

이곳의 거리 악사도 자취를 감췄구나

겨울이 눈꽃을 피우고 지나가는 첫발자국

너처럼,

목욕탕 난간에 앉아 노래하는 돌 개구리

쉼 없이 물 뿜느라 표정조차 안 읽히네

누구를
사모하는 일
저렇듯 한자리에,

거북바위의 말

어서와, 그래그래, 다 알아, 잘 참았어
그냥 이리 서 있으니 무심한줄 알았다고?
이렇게 흘러왔잖아 내 나이 천년이야

파도, 거친 너울도 다 맞으며 살아왔어
밤이면 귀를 열고 물소리 읽어냈지
태풍도 회오리바람도 온몸으로 맞섰잖니

지나온 시간들이 보잘 것 없었다고?
자책은 이제 그만, 사는 건 견딤이야
오늘은 내 품에 안겨 실컷 한번 울어보렴

파도가 솟구쳐서 위협할 때 있었지
천만에, 비명 대신 담금질로 날 키웠어
내일은 내일 몫으로 해가 또 뜰 테니까

서운암

-장독

햇살 받은 장독이 따글따글 여물듯

졸문拙文도 눈빛 쬐면 보글보글 숙성될까

손끝이 콕 찍은 글맛, 장맛 같은 짭조롬

콧대는 콧대다

은어가 회귀하는 비릿한 포구에는
경매꾼 날렵한 손 어판장 뒤흔든다
낙찰된
생선 상자 앞에 이모가 서 있다

재래시장 모퉁이를 전세라도 낸 듯한
구수한 입담으로 손님 발길 잡아끌던
꽃 시절
그 높던 콧대 어디에 감추셨나

살면서 더러는 꺾인 적 없었을까
중심을 잡지 못해 휘청댄 길목에서
버텨라
딱 버텨 보자고 우뚝하게 서 있다

처세

1.
오토바이 굉음 질주 도로 쩍 갈라놓았다
가로수도 지레 놀라 수루루 잎 떨구고
화들짝, 길고양이는 목숨 걸고 달린다

2.
그 아가씨 카페에서 하는 말이 걸작이다
결혼은 한다는데 아기는 귀찮단다
별에서 분양 받아온 '냥이' 하나 키운다나

앞 가게 창문 너머 털 다듬던 야옹이
이런저런 이야기에 귀 쫑긋 세우다가
보란 듯 도도한 자태, 꼬리 살짝 말고 있다

감실부처바위

옴마야, 우째 아직 여기 앉아 계시는교~

신 새벽 쪽진 머리
해를 이고 오시었네

썰물 진 울 엄마 자리
채워주신
큰엄마

자야 인자 오냐, 니는 한숨 자거레이

얼라는 내가 보마
그만 눈 좀 부치레이

꿀잠은 내게 주시고
빙긋이
지켜주던

꽃보다 라면

하늘이 지어놓은 수북한 쌀밥인가
이팝꽃 환한 지금 옛일도 피어난다
누군가 일용할 양식, 해치웠던 라면그릇

진눈깨비 추적이던 그 겨울 틈바구니
버너에 올려놓은 코펠의 그 열기는
골바람 높새바람을 다 품고도 남았었지

밥보다 더 배불렀던 젊음이 있었기에
이 봄날, 생각나는 그날의 라면 한 끼
하얗게 꽃이 필 때면 슬슬 배가 고프다

꼭두쇠

1.
무료함 달래려고 리모컨을 누르자
커다란 화면 가득 줄타기 한창이다
빼곡히 늘어선 구경꾼 어깨 절로 들썩이고

먹고 살기 위해서 사활을 건다지만
살얼음 딛고선 마당 외줄타기 진배없다
코로나 꼬리가 길어 늘어가는 빈 점포

2.
바닷가 옛 마을에 배신굿 열리던 날
한바탕 질펀하게, 기예 또한 남달라도
남사당 이끄는 무리 이 겨울 어찌 날까

쟁여놓은 속울음 갈티재 걸어두고
꽹과리 장구 치며 얼씨구나 춤을 추네
한집안 우두머리 되어 어둔 길 앞장서네

점묘법

까마귀 곡예비행 떼춤을 연출한다

하늘을 화폭 삼아 추상화 그리다가

석양이 술래가 되자 숨어든다, 대숲으로

문어, 꽃송이

죽어도 사는 몸을 여기서 보는구나
차가운 돌 틈에서 석화처럼 붙어살다
양은솥 끓는 물속에 볼그족족 피는 꽃

집착 같은 빨판으로 깊은 바다 더듬으며
꽉 잡고 버틴 것도 이젠 다 소용없어
그 누구 제사상에 올라 슬픔이나 추억할꼬

뜨거운 생 살았다고 자부하는 사람들아
움켜쥔 많은 것들 결국은 놓고 마는
어느새 오그라진 손, 접시 위 저 꽃처럼

5부
좌표를 다시 찾고자

한밤중

오뉴월 개구리가
초록으로 울고 있다

밤이 이슥토록
머리맡이 촉촉하다

잠 못 든
나를 달래려
밤비는 토닥토닥,

막다른 골목에서도

한 치 앞 예견 못 한 피라미라 비웃지마라
너 또한 통발 안에 갇힐지 모르는 일
숨통이 조여 왔을 땐 물숨 꿀꺽 삼키지

아무리 생각해도 그것이 아닐 때는
심호흡 고르기로 날숨 크게 뱉어야지
막다른 곳이라 해도 기죽지는 말아야 해

청령포에서

그날은 물살조차 거세지 않았다네

곡哭하던 소나무만 내려 보고 있었다지

세상의 거친 탐욕을 손금 보듯 들여다보며

하늘 밖 쫓겨났던 단종의 그 심사를

활시위 대신 울어 그믐달 휘어지고

아직도 서늘한 감촉 따라 오고 있었네

팔공산 대감

된바람 쌩쌩 부는
깎아지른 절벽 딛고

첫새벽 돌 갓 쓰고
어디를 납시는가

말갛게
솟구친 해를
걸망 속에 넣고서

달빵을 먹다

보름달을 한 입 무는 달콤한 TV광고
어린 시절 카스테라 침범할 수 없는 영역
두 겹에 숨겨져 있던 하얀 크림 꿈을 꾸지

혀끝에 달착지근 달라붙던 크림빵을
도시에 입성하면 원 없이 먹으리라
드디어 여기 있었네, 빵빵했던 태극당

광속으로 변화하는 시대에 발맞추며
까맣게 잊혀져간 기억을 호명한다
이 밤에 환한 보름달 귀퉁이 베어 물고

끼리끼리

바닷가 모래밭엔 몽돌끼리 자갈자갈

식당에 들어가면 엄마끼리 자갈자갈

회사 앞 커피점에는 언니끼리 자갈자갈

잠 못 드는 편의점

이젠 배달 음식도 다들 물린 눈치

대로변 불빛 아래 사람들이 모여든다

언제나 혼자 먹는 일, 적적한 슬픔이지

고단한 가로등도 가물대는 시간인데

나눌 곳 없는 마음 눈빛이나 건네면서

좌표를 다시 찾고자 하얀 밤이 앉아있다

수동태

— 해금강 갈매기

물살의 꽁무니를 따라오는 갈매기 떼

선상에서 던져주는 새우깡에 필사적이다

자맥질
야생본능은
퇴화된 전설이다

이렇게 쉽게 살지, 넙죽넙죽 받아먹지

어느덧 길들여져 무력해진 나날이다

조나단
드높은 비상
꿈꿀 날이 있으려나

겨울 동행

일광을
품에 안고

떠 있는
고니 한 마리

친구를
잃었는지
눈빛이 공허하다

힘들면
손잡아 줄게
나와 함께 날아보자

주문도 무인시대

하루가 눈 깜짝 할 새 광속으로 지납니다
코로나 시대부터 부쩍 늘은 키오스크
간단한 주문조차도 머뭇대는 손입니다.

컴맹의 기성세대 핀잔을 일삼았는데
헐렁한 주머니에 신용카드 달랑 들고
마주한 벽 앞에 서니 동굴 속만 같습니다

목마름을 풀다

그악스런
매미울음
오늘 아침 퍽 순하다

밤새
오신 비에
짝을 찾으셨나

시장통
국숫집 내외
난데없는 웃음이다

똑딱길을 걸으며

내게도 갓 스물의 꽃시절은 있었다고
오래된 이 골목은 발꿈치를 달래준다
한마디 말끝마다에 부풀던 그 솜사탕

시계탑 초침소리가 하이힐에 걸리던 밤
그때 잡은 손의 체온 지금도 남아 있어
애틋한 눈길을 들어 옆자리 더듬는다

변하지 않는 것이 없다는 걸 알았을 때
나도 몰래 철이 들어 가을은 저리 깊고
은행잎 노란 인사가 이별처럼 가깝다

기린

단호한 뒷발치기로 사자를 물리친 후

수컷 두 마리가 서로 목을 비비면서

한쪽이 등을 내준다, 눈빛이 그윽하다

존재의 위상 찾기와
서정적 모색의 시학詩學

유종인(시인, 문학평론가)

1. 존재와 인연의 조화를 위한 궁구窮究

　세상에 미만瀰滿한 숨탄것들과 존재는 모두 상서로움의 인연connection에 본능적으로 그리고 본연本然의 갈구가 상존한다. 모든 존재 대상이 가진 본원적인 허구성 내지는 결핍과 혼돈chaos의 기질을 그 내적inside 요소로 함유한 측면이 있기 때문이다. 신神과 인간human의 대척적인 상황을 상고하지 않더라도 사람의 존재론적인 결핍은 늘 관계적인 양상을 통해 극복되거나 위로가 되고 갈등을 포함한 협애協愛가 되는 부분으로 늘 상쇄相碎되듯 보완되어 갈무리가 되곤 한다. 인간人間이란 어휘語彙 자체의 의미도 그 다양한 관계적 구성의 '사이[間]'에 주목한 의취意趣가 아닐 수 없다. 그 사람과 사람 사이의 관계망 속에 시간과 공간 그리고 정신적 요소들이 서로 다층적으로 갈마들고 변증變證의 크고 작은 갱신과 흐름을 산출하는 계기를 지녔다.

박미자 시인은 존재가 처한 결핍의 조건condition을 극복하고 간난艱難과 기다림의 서사敍事를 수용하듯 고통을 통과하는 견딤의 존재론적 노력과 추구를 통해 그 실존적 성숙과 시적 원숙함에 이른다는 듬쑥한 정서적 기조가 충만하다. 무엇보다 시인의 시적 성숙도grade of maturity를 견인하는 시인의 방편은 충만한 견딤의 자세와 시적 모색摸索의 다양성이다.

그대
그리는 맘
눈보라 다 물리치고

꽃대궁 돌려대던
바람도 얼어있다

자리를
지킨다는 건
오롯이 견디는 일

- 「겨울 꽃무릇」

꽃이 무성할 때, 즉 꽃숨이 만화방창萬華芳暢할 때를 견인牽引하는 힘은 역설적이게도 꽃이 없는 시절을 받자하니 극복하려는 견인堅忍의 마음바탕, 그 옹골찬 내재력內在力에 있다. 꽃무릇, 즉 상사화相思花의 생태적 특이성이 자아내는 상황이 시적 에스프리로 작용하는 사례라고 볼 수 있다. 하지만 보다 선험적인 눈길로 보면 모든 화물花物은 '눈보라 다 물리치'듯 내재적 생명력의 시험과 시련을 통해서 고유해지는 자발성의 구체具體이자 생명의 구상具像이라 할만하다.

'꽃대궁 돌려대던/바람도 얼어있'는 극한의 상황에 함몰되지 않고 스스로 내적 비전vision을 견지하는 것, 이런 화자의 견인주의tractionism는 '그대'라는 긍정적 함의含意의 대상을 향한 '오롯'한 지향에 그 내적 방점이 심중에 찍혀 있어서 가능하다. 이렇듯 참고 견딤, 인내patience는 생명의 본원적인 유지와 항상성恒常性을 구성하는 중요 요소로 시인의 내면에 견실하게 작용한다.

그렇다면 이런 대자적對自的인 자발성spontaneitys은 어디에서나 진취성을 지닌 채 널리 편재遍在하는 심성이나 기질氣質로 작용하는 것일까. 또 다른 시편에서는 그런 화자와 대조되는 시적 광경이 이색적인 의구심을 던져준다.

물살의 꽁무니를 따라오는 갈매기 떼

선상에서 던져주는 새우깡에 필사적이다

자맥질/야생본능은/ 퇴화된 전설이다

이렇게 쉽게 살지, 넙죽넙죽 받아먹지

어느덧 길들여져 무력해진 나날이다

조나단/ 드높은 비상/꿈꿀 날이 있으려나

― 「수동태」

　제목에서 현시하는 바와 같이 야생의 공간에 서식하지
만 '야생의 본능은/퇴화된 전설'로 치부될 만큼 방사된 사
육의 기질을 획득해가는 '갈매기 떼'의 현실이 펼쳐진다.
소위 자급자족의 '자맥질'은 점차 기피되고 '쉽게 살기 위
해 '넙죽넙죽 받아먹'는 일종의 퇴행성degradation을 시인의
날카로운 눈길에 포착된다. 그것은 한마디로 안온한 삶의
비유이기는 해도 '무력해진 나날'의 퇴행退行이기 때문이다.
여기에 화자의 안타까움과 회의적 시각은 새로운 '비상'을
'꿈꿀 날이 있으'리라고 조심스럽게 내다보는 간원의 기운
이 서린다.
　그것은 앞서 「겨울 꽃무릇」에서 견인주의자堅忍主義者적

자세로 '견디는 일'의 중요로움을 새삼 환기시키는 마음바탕이 되곤 한다. 수동태受動態적인 삶이 능동태적인 삶으로 갱신하는 첫 단계는 무엇일까. 그것은 시인의 2수 종장의 첫 구절처럼 '조나단'이라고 희망을 호명呼名하는 일이 아닐까. 무릇 '길들여져 무력해진 나날'의 존재들을 똥기듯 일깨우는 방편이 호명이라면 그 호명呼名은 어떠해야 하는가. 그것은 다름 아닌 기존의 관습적으로 호명된 존재를 일깨울 수 있는 새뜻한 존재의 호명으로 갈아타는 일, 즉 새로운 존재에의 갈망이 담긴 이름에 의미와 감정을 싣는 일이 아닐 수 없다. 그렇게 존재와 인연은 새롭게 재구성 reconstruction될 여지와 마련이 강구된다. 시인의 눈썰미 있는 부름 속에서 범박한 '갈매기 떼'는 새뜻한 '조나단'으로 재탄생하는 실존적 회복의 기미機味를 가지게 되는 것이다.

한파가 몰아치는 포구 한쪽에서
중무장한 전사처럼 오징어 배를 땄다
그 애가 풀풀 날리던 입김으로 녹는 아침

조례가 끝날 즈음 헐레벌떡 들어서다
아이들 시선에도 말간 웃음 흘리면서
하루를 힘차게 열던 우리 반의 여장부

설 대목 수산물시장 낯익은 얼굴 본다
잘 차린 건어물 점포 주인이 되었구나
떡잎을 보고 알았지, 뒷모습도 빛이 났다

  -「그 겨울 실루엣」

  인연因緣은 존재와 존재의 관계적 흐름의 넓이와 깊이의
총화總和라 할만 하다. 시인은 어쩌면 모든 소외된 인연의
대상과 관계를 또 다른 측면에서 유심하고 의미있게 재장
구치는 언어의 중개사仲介士인지도 모른다. 무심한 인연의
변두리에 처한 대상을 목도目睹하면서 단순한 과거의 대상
으로 흘리지 않고 그것을 현재의 의미있는 존재로 부각시
켜 주는 것, 그것이 어쩌면 시인의 납득할 만한 언어를 비
롯한 존재의 선처善處가 아닐까 싶다. 추운 날 '포구 한쪽에
서/중무장한 전사처럼 오징어 배를' 따는 학교 동창을 우
연히 발견하고 옛 기억을 소환summons하는 것도 그런 차
원이 비견된다. 그 '하루를 힘차게 열던 우리 반의 여장부'
는 번듯한 '건어물 점포 주인'으로 변해 있었다. 그리고 그
과거와 현재가 갈마드는 어엿한 동창의 '뒷모습도 빛이 났
다' 는 구절에서 우연한 만남의 인연은 유의미한relevant 인
연으로 전환되는 끌밋한 '실루엣'을 화자의 마음에 인상적
으로 각인한다.
  인연은 이렇듯 시적 외연外延에 머물다 어느 순간 박미

자 시인의 정교하고 독특한unique 인식력과 활달한 감성의
수용을 통해서 시적 내연內延으로 전환된 뒤 존재의 깊이
에 기여하는 인생의 항목項目으로 자리하게 된다.

시간이 없으시죠 후다닥 들고 가요
고시촌에 존재하는 허름한 컵밥 식당
뒤섞인 한 끼 밥그릇 허겁지겁 찾아봐요

시험에 매달린 지 어언 삼 년 훌쩍 가고
기대 찬 눈망울에 그림자 짙어질 때
골목길 바람 가르며 오늘을 이어가요

헛헛할까 염려하며 꾹꾹 누른 마음까지
커피보다 더 가볍게 단숨에 비워냈죠
아름찬 발걸음으로 내일을 디딜 수 있게

-「틈새 식당」

살아가는 일의 현황現況이 녹록지 않을 때 우리는 그것
을 기피하거나 방기放棄하는 경우가 종종 있다. 그러나 그
런 삶은 다른 어떤 호락호락한 조건이 열악한 환경으로 바
뀌면 다시 신산辛酸한 상황을 연출할 가능성이 농후하다.
진실한 견인堅忍의 가치와 그걸 진솔하게 받아들이는 자세

의 시적 정황은 「틈새 식당」에서 여실하게 드러난다. 시간과의 싸움과 몰입의 경주競走를 연일 실행하고 있는 여러 형태의 고시생들이 몰린 '고시촌'의 존재방식을 통해 화자는 진정한 견딤의 미학aesthetics이 형성되는 나름 지난한 과정을 가감없이 표출한다. 시인은 '허름한 컵밥' 한 끼의 중요함과 그 밥심에 담긴 고단한 희망의 현실을 진지하고 진솔하게 직시함으로써 역설적이게도 '기대 찬 눈망울에 그림자 짙어'지는 당대當代의 희망고문 같은 견딤의 서사narration를 포착하는 시적 눈썰미를 돈독하게 아우르기에 이르렀다.

어쩌면 '고시촌'과 연계된 '틈새 식당'은 성인들 각자 다양한 성취를 위한 인연의 인큐베이터incubator일지도 모른다. 인생에서 진정한 인연의 자리, 깊이 바라는 인연의 위치, 고대하는 인연의 대우待遇 같은 조건condition에 가닿기 위한 인생 경작지 같은 현장을 시인은 과장 없는 성실한 눈길로 응시하고 묘파scratch해냈다.

비록 든든한 한 끼의 충만함에는 미치지 못하지만 그래서 더욱 '헛헛할까 염려하며 꾹꾹 누른 마음까지' 보태 시장기를 '비워'내야 하는 그 심정까지 보아내는 시인의 습습한 눈길은 진지한 희망의 무게를 한껏 짐작케 한다. 더불어 이런 나름의 역경 속에서도 '아름찬 발걸음으로 내일을 디'딜려고 하는 의지의 숙연함도 감지하게 한다. 이는 '사람은 우환에서 살고 안락에서 죽는 것,/백금 도가니에 넣

어 단련할수록 훌륭한 보검이 된다(「병상록」 중)'고 역설
했던 김관식金冠植 시인의 시적 에피그람epigram을 환기시
키기에 족하다. 제목에 언급된 '틈새'라는 말은 그래서 그
의미가 한층 확충되는 분위기를 지녔다. 남들이 모두 포기
하고 간과看過해 버리기 쉬운 곳을 파고들어 생존과 자활
self-support의 계기로 삼을 '틈새'의 뉘앙스는 열린 시공간
만큼이나 존재의 기회이거나 정신의 활로活路를 품는 시적
수사修辭로 적실하다 하겠다.

　　　동치미 건더기로 밑반찬을 만드셨다

　　　한세월 잘 우려낸 어머님의 알뜰 손끝

　　　이제야 근처에 갔다, 언저리만 맴도는 맛

　　　- 「무장아찌」

　　존재 대상에 대한 새로운 언명言明은 그 존재 대상에게
관습적인 인식과 굴레의 삶을 서서히 벗겨내고 똥기듯 적
극적인 삶의 처지를 열어주는 일에 값한다 하겠다. 박미자
시인에게 있어 이런 호명calling by name의 새삼스러움과
종요로움은 시인의 시적 소명과도 내적 맥락을 같이 하는
중요한 지점이 된다. 거기에 화자는 성실히 과거로부터 현

재의 자신에 이르는 다양한 인연의 요소들을 불러와 실제적인 감성과 체감의 형태로 표현의 밀도를 높인다.

그런 존재의 새로운 부름과 오래된 새로운 깨달음의 미각을 똥기듯 열어주는 존재가 있다. 그것은 다름아닌 '어머님의 알뜰 손끝'이다. 단순히 관념적인 고명한 존재가 아니라 '동치미 건더기로 밑반찬'인 '무장아찌'를 재탄생시킨 어머니의 존재가 미각palate의 의미로 여전히 새뜻한 존재의 입맛을 열어준다는 것, 여기에 생체험적인 육친肉親의 새로움과 오래된 지혜가 갈마들어 있다. 시인은 이런 어머니란 존재에 '이제야 근처에 갔다'라고 겸손해 하지만 여전히 근원적인 차이를 인정하며 '언저리만 맴도는'이라는 언술을 통해 오히려 어머니란 인연에 대한 근원적인 향수鄕愁와 그리움을 에둘러 현시한다.

생래적生來的인 인연의 대상인 어머니에 대한 관념적이거나 감정적인 정서에 기댄 기존의 시편은 많았으나 이렇듯 '손끝'에서 비롯된 손맛의 음식과 그 미각味覺을 통해서 어머니를 혀끝의 감성에 올린 경우는 귀하기 그지없다. 실물real thing과 실체實體에 대한 갈구는 모든 존재라는 몸에 들린 맘이 서로 격동擊動하는 상호성reciprocity을 지녔기 때문이다. 이 상호성은 자신을 더 중층적으로 업그레이드시킬 수 있는 존재의 또 다른 마련을 강구하게 되는데 그런 본래적인 작용의 일상적 산물이 인연의 형태로 우리에게 다가온다. 박미자 시인은 그런 사람과 사물, 특별한 상황과의 연계를 남다르게 응시gaze하면서 존재의 '언저리' 너머의 또 다른 삶의 구경究境을 향해 인연된 모든 것들을 정직하고 긍정적인 우호와 포용의 호선弧線 안에 품으려는 시적 열망이 도도록하다.

2. 시간적 존재와 공간적 존재의 화음和音과 추구

마음의 연출이라는 말을 먼저 등장시켜보면 어떨까. 시조를 율격에 실은 심미의식을 언어적으로 불러낸 것으로 통칭한다면 시인의 시적 무대는 과거와 현재를 갈마드는 존재의 에스프리esprit가 작용하는 정서적 자기장磁氣場이라고 불러도 되지 않을까. 그럴 때 시인의 정서적 무대와 체험적 공간은 하나의 동선動線을 갈마들며 시간의 흐름이 풀어놓는 생의 판타지fantasy를 다성적多聲的으로 선사한다.

내게도 갓 스물의 꽃시절은 있었다고
오래된 이 골목은 발꿈치를 달래준다
한마디 말끝마다에 부풀던 그 솜사탕

시계탑 초침소리가 하이힐에 걸리던 밤
그때 잡은 손의 체온 지금도 남아 있어
애틋한 눈길을 들어 옆자리 더듬는다

변하지 않는 것이 없다는 걸 알았을 때

나도 몰래 철이 들어 가을은 저리 깊고
은행잎 노란 인사가 이별처럼 가깝다

- 「똑딱길을 걸으며」

　회고回顧하는 자는 삶을 느끼는 자이고 동시에 생의 단
면單面에 입체의 회감懷感을 입혀 생의 구조적 진면목眞面目
을 부조浮彫, relievo하려는 예술가의 무리이다. 그런 의미에
서 '갓 스물의 꽃시절'은 단순한 옛날의 앳된 영화榮華가 아
니라 현실의 존재가 이룩된 기원적인 시간의 패러다임을
호출하는 명목 중의 하나일 수 있다. 그런 회감을 불러일
으키는 시간은 수평적 시간으로 평면화되지 않고 '오래된
이 골목'이라는 수직적 공간의 부축을 받듯 입체화를 도모
한다.
　끌밋하고 사랑홉던 시절의 '한마디 말끝마다에 부풀던
그 솜사탕'의 화기애애하던 순간들은 결코 무색해진 과거
의 추억이나 신파에만 그치지 않고 여전히 화자의 마음 속
에 '그때 잡은 손의 체온'으로 잔존殘存하는 현재형이기도
하다. 여전히 '애틋한 눈길'로 행복의 여줄가리가 갈마들던
순간을 현재의 공간에 불러오듯 '옆자리'를 '더듬는' 것은
호기롭던 시절을 강구하는 존재의 심정적 본능에 부합한
다. 범박하게 우리가 추억을 먹고 산다는 말의 의미는 지
극한 호시절good season을 항차 삶의 의미론적 지향으로 삼

101

거나 존재의 나침반에 일종의 기준점이나 방향을 제시한다는 의미로도 쓰일 수 있다. 비록 '변하지 않는 것이 없다는 걸'을 깨닫고 '철이 들어 가을은 저리 깊'다는 것을 체감한다 한더라도 좋은 시절의 의미는 과거의 시간과 공간의 의미를 우리의 의식 속에 지속적인 시간continuous time과 항구적인 공간permanent space의 개념으로 실체화시킨다. 그래서 '은행잎 노란 인사가 이별'처럼 느껴지는 듯하지만 실상은 각인된 호시절의 기억은 이런 지속적이고 항구적인 시공간時空間으로 시적 만남의 서사를 제공한다. 물리적인 추억의 시공간은 사라졌지만 추억의 시공간은 여전히 아련하게 장식되고 감성적으로 추가되는 아이러니irony의 계기를 추동한다 할 수 있다.

단독주택 밀려나고 들어찬 거대 원룸
허기진 골목 통로 조급함만 차곡차곡
온 동네 휘감는 소리, 밤늦도록 이어진다

밑바닥 하수구도 과부하 걸렸구나
무턱대고 삼킨 것 체증을 참지 못해
울분을 확 쏟아낸다, 칸칸이 흐름 끊고

민낯이 다 드러난 욕망의 저 구토물
그제야 눈비비고 도시는 깨어난다

꽉 막힌 시간의 틈도 누가 제발, 뚫어줘

- 「급체, 뚫어드립니다」

여유롭고 성기던 공간의 터울이 이제는 조밀하게 '들어찬 거대 원룸'의 현황으로 바뀌게 되곤 한다. 시간과 공간의 역학적力學的 관계는 일정한 공간이 '밀려나고' 새로운 개념의 공간과 건축이 '조급함'처럼 '차곡차곡' 들어차는 실제적 변수變數를 거느리고 있다. 거기에 따른 '체증'은 '과부하' 걸린 '하수구'로 대변되는 현장의 구조적인 문제 dilemma는 하수구의 물이 역류하듯 '울분을 확 쏟아'내며 당장의 현실로 '욕망의 저 구토물'을 산출하기에 이른다.

당대적 시간과 공간의 부조화disharmony는 삶의 주변에서 아주 현실적이며 구조적인 문제로 대두되는데 역설적이게도 이런 문제의 도래到來로 인해 '눈비고 도시는 깨어'나는 각성의 상태를 야기시킨다. 박미자의 이런 현실에 대한 구조적 인식의 의미있는 개가triumphal song는 형식적 논리로 따지면 부정적 상황의 발생이 각성적 상황을 불러오는 일종의 계기를 적실한 시적 구문으로 형성한다. 악순환이 아닌 선순환으로의 전환이 이 시편에서는 모종의 선재善材로 작용하는 셈이다. 그야말로 문제의 방치가 아니라 문제를 참다이 문제로 인식할 수 있는 각성, 즉 일종의 문제의식critical mind이 변화된 공간의 딜레마를 해결하는 마중물이 되는 것이다. 여기에 시인은 공간의 문제에만 시선을 한정하지 않고 '꽉 막힌 시간의 틈'도 '뚫어'주기를 간절히 바란다. 물론 폐쇄된 '시간의 틈'이 구체적으로 무엇을 의미하는지 구체화되지는 않았지만 우리의 일상적 혹은 삶의 시간들이 거느린 불민한 '급체'의 상황인 것만은 틀림없다. 존재의 소통과 환기換氣, 정서적 통섭通涉 같은 정신적인 영역에 있어서도 박미자 시인은 소홀히 여기지 않고 존재론적 관심을 능늠하게 드리운다. 현실적인 것이든 내면적인 것이든 시인이 지목한 역류현상逆流現狀이나 병목현상 bottleneck phenomenon이 환기하는 문제점들은 그대로 존재의 정신적인 현상과 문제와도 유비적類比的인 상관성을 가지게 된다. 즉 생활주변의 실제적 문제의 구체성은 그걸 목도目睹하는 존재 내면의 심정적인 문제와도 실제적인 그리고 비유적figurative인 관계로 모종의 해결solution의 기미를 확장시킨다.

안방을
비워둔 지
십 년이 지나갔다

다시 온기 채워보려
장판 열 높였더니

나란히
속삭이던 말
환청처럼 들린다

–「하울링」

　공간space의 유지와 공간의 결핍은 표면상으로는 동일한 것으로 취급할 수도 있다. 그러나 그런 물리적인 공간의 동일성은 실제 시인의 내면 공간에서는 전혀 차원이 다른 뉘앙스nuance로 자리하기도 한다. 즉 '안방을/비워둔 지/십 년'의 시간은 어떤 여사여사한 사연이 개재돼 있는지 알 수 없으나 시인에게 있어 소원하고 아쉬운 공간의 의미로 확연해지는 듯하다. 그래서 그 공간의 분위기를 '온기'로 '채워보려/장판 열 높'이기에 이른다. 그러자 그 공간을 함께 공유共有했던 대상과의 아련한 음성이 배어나오는 어쩌면 기적 같은 반추反芻의 여음餘音이 형성된다. 그것은 '나란히/속삭이던 말'로 공간의 결핍이 '십 년'의 격절隔絶을 넘어 '환청처럼 들'려주는 존재의 내밀한 음성이기도 한 것이다.

　하나의 시간과 공간을 함께하지 못하는 불가피한 부조화不造化의 상황이 만들어내는 안타깝고 애틋한 울림은 그대로 '하울링howling'의 형태로 시인의 간절한 마음을 대변하게 된다. 즉 처음의 물리적인 공간의 단순한 소리의 반

응은 시인의 내면 공간에서 하나의 울림으로 중층화重層化
되고 드디어는 부재하는 상대방과의 간절한 소통의 언어
이자 울음의 노래로 시인의 절절한 감성을 에둘러 확장해
내는 정황을 묘파描破해내기에 이르렀다.

'뜨거운 것이 좋다'던 그 영화 떠올리며

당신은 그럴지라도 난 아직 아닙니다

하나만 빼고 다 바꿔, 어느 오너 일침처럼

달궈진 가슴 온도 전달이 되기까지

개울 건너 강 언저리 저만큼 기웃댑니다

유리벽 너머에 있는, 당신 그저 바라볼 뿐

- 「핫스팟」

이런 시인의 애틋하고 애련이 깃든 듯한 남다른 눈길의
시적 정황은 「핫스팟」에 이르러서는 한층 절절한 내연內延
의 시공간을 제공하기에 이른다. 무슨 계기였는지 몰라도

영화 속 '뜨거운 것이 좋다'를 이제는 공유하거나 공감할 수 없는 듯 팬시리 어깃장을 놓듯 현실의 상황을 매개로 부정적으로 고개를 가로젓는다. 영화 제목에 아직 공감할 수 없다며 유보적인 자세를 취한 화자의 마음은 아마도 '달궈진 가슴 온도'를 제대로 다 '전달이 되기까지' 그럴 수밖에 없는 실제적 시공간의 딜레마가 개재했기 때문이 아닌가 여겨진다.

사연이야 늘 후미지고 애석한 그늘을 나름 깊게 드리우고 있는 터이지만 화자가 밝힌 현황은 '유리벽 너머에 있는, 당신'의 상태에 주목하지 않을 수 없다. 그리고 그런 당신을 향한 시적 화자의 자세는 '그저 바라볼' 수밖에 없는 그야말로 유보적인 상황의 정체에 있다. 그런데 아이러니하게도 시인은 이런 답답하고 무력한 두 당사자 간의 시간과 공간의 부조화 상황을 오히려 '핫스팟hot spot'이라고 명명함으로써 시인의 듬쑥하고 견실한 기다림과 간원想願의 자세를 한층 강화시키는 어휘로 쓰고 있다. 도저하다, 시인의 '그저 바라봄'은 무력한 바라봄이 아니라 간절한 기도의 전심全心이 멈춘 듯 그윽이 다가드는 저 열심熱心이야말로 사랑의 남다른 모션이 아닐 수 없다. 그래서 시인의 뜨거운 마음은 '당신'과 함께할 수 없는 '뜨거운 것이 좋다'에 공감을 표할 수 없는 내밀한 정서에 도래샘을 대고 있는 것이다.

그 방을 폭군인 양
십 년을 점령했다

한둘씩 떠나보낸
책장 안쪽 둘러보니

퀴퀴한
곰팡이꽃이
문장 읽듯 피었구나

- 「지식의 이면」

　어쩌면 희망의 도그마dogma는 전혀 뜻밖의 곳에서 즉
물적卽物的으로 돋아나는지도 모른다. 뜻밖의 시간과 뜻밖
의 공간이 보여주는 의외의 상황은 새로운 정서적 정신적
환기를 불러일으킬 도량을 제공한다. 기존관념으로는 도
저히 대체할 수 없는 상황인식을 시인은 새로운 눈길로 새
뜻하게 뒤집어 보여줌으로써 그간의 우울하고 적막한 유
사절망을 희망의 근사치로 새로이 값어치를 매길 수도 있
을지 모른다. 화자가 '그 방을 폭군인양/십 년을 점령'했다
고 하는지 몰라도 그만큼 특정 공간이 가지는 애착을 반대
급부적인 상황으로 보는 눈썰미의 단초를 제공한다. 그 대
상은 다름 아닌 '한둘씩 떠나보낸/책장 안쪽'이다. 결핍처

럼 드러난 책장의 신산한 모습은 일반적인 느낌일 텐데 이런 부정성否定性의 상황을 타파하듯 보여주는 것이 '퀴퀴한/곰팡이꽃'의 등장이다. 책이라고 하는 지식체계의 물리적 상태를 박미자 시인은 책 그 자체에만 한정confinement하지 않고 곰팡이의 등장을 통해서 기존관념의 지식체계에 대한 새로운 대체재代替材로 삼을 뿐아니라 그 지식을 습득하고 공유하는 주체가 인간만 아니라 모든 숨탄것들, 즉 '곰팡이꽃'도 가능하다는 참신한 생각을 견주어내고 있다. 곰팡이꽃도 '문장 읽듯' 주변 사물이나 기운을 읽고 습득하는 주체적 존재로 본 것은 놀라운 관점point of view의 개척이다. 광활한 공간이든 협량한 공간이든 그 공간이 시간의 변화력에 힘입어 드러난 변위變位나 변화상change phase을 존재의 이면inside으로 읽어내는 시인의 눈썰미는 존재의 위상을 새롭게 개척하는 심정적이고 지적知的 원동력으로 매우 유효하다 할 수 있다.

3. 삶의 좌표찾기와 서정적 모색의 의미

흔히 삶의 좌표는 언젠가부터 설계돼 있거나 좀 더 업그레이드돼 재설정이 돼 우리들의 삶의 표면을 장식하고 그 내면에 저류底流하고 있는지도 모른다. 그러나 이런 삶의 좌표라는 말들은 얼마나 실행력이 있고 현실 속에서 행사되느냐에 따라 관념과의 변별력을 드러내기 마련이다. 무엇보다 이렇게 설정되거나 결심된 좌표나 신념, 신조

motto같은 것들이 줄기차게 실행되는 것도 중요하지만 그런 정신적 기조나 정서적 분위기nuance를 잃거나 잊지 않는 것도 못잖게 중요한 대목이지 싶다.

한겨울 석남사에 함박눈 좋이 내려

골짝 물 잠이 들고 발소리 지워졌다

지붕이 사라진 끝에 가뭇하게 고개 내민,

－「먹선 한 줄」

　앞서 언급한 신념의 가치와 실행의 중요성과는 사뭇 다른 결처럼 보일 수도 있으나, 서정적 풍경이나 설경雪景의 풍모 속에서 보면 우리가 잊고 지내기 쉬운 마음의 결곡한 곡선curve 하나의 그 그윽한 매력을 찾아내는 것도 항차 종요로운 대목이지 싶다. 그것은 서정적 내면이나 그 서경적 풍모를 잃어가는 현실 속에서 우리 마음에 간직했으나 점차 잃어가는 마음의 실선實線 하나를 찾아 간직하는 일에 값한다 하겠다. 즉 '함박눈 좋이 내려' 무엇 하나 쉬 드러나지 않는 상황은 '골짝 물 잠이 들고 발소리'마저 지워지는 그야말로 하얀 침묵의 설경 속이다. 그런데 이런 온통 백설의 일망무제 속에서도 뭔가 진경珍景의 포인트랄까 새로운 길 트기처럼 드러나는 풍경의 일단—端이 서렸다. 그것은 '지붕이 사라진 끝에 가뭇하게 고개 내민' 그것이다. 아마도 용마루 지붕의 드러난 윗선이지 싶다. 가장 윗길로 드러난 이 순백純白 위의 고개를 드러낸 '먹선 한 줄'로서의 용마루 능선의 일부는 일종의 정서적 트임의 도도록한 풍치風致이지 싶다.

여백이 전체라고 해도 그것이 맹목에 가까운 전일소一한 것이라면 어딘가 맥이 빠지고 답답하고 굴레의 전면화된 상황일 수 있다. 그런 일방적인 상황을 타개하듯 '가뭇'한 선線 하나의 고개 내밈은 그야말로 이 시조의 시안詩眼으로 단연 수일하다. 정서적 트임이란 얼마나 쏠쏠한 내면의 숨통이며 감각의 갱신으로 시적 길라잡이의 역할까지 출중하게 거느린다 할 수 있다. 그러니 이 가편佳篇에 이르러 박미자의 시조는 새로이 모종의 그윽한 모색의 '고개 내민' 기척이 완연해졌다 하겠다.

이젠 배달 음식도 다들 물린 눈치

대로변 불빛 아래 사람들이 모여든다

언제나 혼자 먹는 일, 적적한 슬픔이지

고단한 가로등도 가물대는 시간인데

나눌 곳 없는 마음 눈빛이나 건네면서

좌표를 다시 찾고자 하얀 밤이 앉아있다

　-「잠 못 드는 편의점」

　일상적인 삶의 패턴이나 현황은 굳이 그럴 듯한 신념에
따른 행동지침이나 철학적 소신의 메뉴얼을 들춰낼 필요
도 없이 소수하고 때로 비루鄙陋하기까지 하다. 이는 '배달
음식도 다들 물린 눈치'처럼 누구나 그럴 듯한 삶의 비전
vision과는 사뭇 다른 담담한 현실 그 자체의 여줄가리에
해당한다. 마치 '언제나 혼자 먹는 일'의 일상화日常化가 부
른 '적적한 슬픔'은 특정인의 감정이나 정서라기보다는 어
쩌면 흔전만전한 우리들 전체의 초상일 수도 있다. 그렇듯
'고단한 가로등도 가물대는 시간'으로 표상되는 '나눌 곳
없는 마음'이나 '눈빛'은 가물가물한 밤바다의 등대 불빛처
럼 '자표를 다시 찾고자' 한다. 즉 일상은 굳은 신념의 철두
철미한 실천과 물샐 틈 없는 존재의 자기실현이 줄기차게
일어나는 곳이 아니라 늘 잃어버린 좌표를 겨우 자각하는
곳일지도 모른다. 그래서 늘 그 상실돼 가는 좌표를 인식
하는 순간에 재우치듯 '다시'again라는 말은 복구의 부사어
adverb로 존재의 위상을 수복하려 한다.

먹고 마시는 일의 그 흔하지만 종요로운 일상의 겨를 속에서 때로 가눌 길 없는 마음의 지향을 오롯이 찾아가려는 시적 화자의 치열성은, '눈빛이나 건네'는 사소한 기척 속에서도 절실하게 드러난다. 그래서 굳이 극지가 아니더라도 우리들의 밤은 때로 '하얀 밤'을 창출하기에 이른다. 그러기에 안온한 잠이 갈마드는 어둔 밤은 어쩌면 몽매蒙昧의 시간이고 오히려 심신의 갈급함을 메우려는 편의점의 '하얀 밤'은 각성된 시공간의 표상表象으로 점등點燈돼 있다.

모히또 가서 몰디브 한 잔 하자던
주인공 명대사가 마른 혀를 적십니다
뒤바뀐 어정쩡한 말, 그러면서 당기는 말

모래가 쓸려가서 폐허로 변한 해변
삶의 터전 저당 잡혀 오도가도 못한 발길
서러운 파도의 몸짓 생트림을 하는 나라

영화가 끝나면서 자막이 올라갈 때
맛도 알 수 없는 모히또를 상상합니다
깨금발 높이 올리고 몰디브를 꿈꿉니다

-「말맛」

원론적인 의미에서 말, 즉 언어langue는 각성의 지표이자 매개물媒介物로 존재의 공통성과 각자성各者性을 함께 지니고 있다. 여기서 각자성, 즉 개별성haecceity은 개별 존재의 지향적 의미를 개성적으로 함의含意한다 할 수 있다. 개성적인 말의 운용과 쓰임은 그 사용자, 즉 언어 운용자의 정서적 정신적 지향과 신념체계의 특이성을 독특하게 드러내는 자의식의 자장磁場이라 할 수 있다. 그렇다면 박미자 시인에게 '말맛'은 그녀가 지향하는 정서적 기호嗜好와 정신적 취향의 일단을 개괄하는 나름의 말의 시연장試演場이라 할만하다. 즉 '모히또 가서 몰디브 한 잔 하자'는 말이 지닌 어폐에도 불구하고 그 말의 뉘앙스가 자아내는 위트랄까 의도된 유머 속에 깃든 낭만성 Romanticism에 시인의 끌림은 모종의 언어적 연애의 기운마저 번져낸다.

그악스런
매미울음
오늘 아침 픽 순하다

밤새
오신 비에
짝을 찾으셨나

시장통

국숫집 내외
난데없는 웃음이다

　-「목마름을 풀다」

　지극히 개인적인 차원이든 크고 작은 공동체의 차원이
든 반려伴侶의 획득이나 동반은 숨탄것들에도 순치된 정서
적 안정과 평화를 가져오는가 보다. 아마 이런 정서적 평
온平穩에의 지향은 '그악스런/매미울음'조차 '퍽 순하'게 조
율하는 일종의 진정제이자 안정제의 역할을 담보하는지
도 모른다. 그런데 이런 화평한 마음의 상태는 그냥 주워
지는 것이 아니라 역설적이게도 '밤새/오신 비'라고 하는
순탄치 않은 역경의 과정을 통해 도드라지는 반대급부 같
은 것이다. 시인에게도 이런 정서적 소통과 교감이 가능한
반려의 대상이 주는 내밀하고 특별한 심리적 효과나 징후
徵候는 존재의 '목마름을 풀'어내는데 나름 혁혁한 의미로
다가서는 것이다.

　무엇보다 흥미로운 지점은 매미로 통칭되는 주변 자연
의 숨탄것에서만 '짝을 찾'은 효용이 '퍽 순하'게 작용하는
것만은 아니라는 사실이다. 자연계의 모든 존재들, 특히
'시장통/국숫집 내외'의 '난데없는 웃음'의 화기和氣도 모든
생명들 간에 공유sharing되고 전파되는 조화造化로움의 성
과물로 두루 편재遍在한다는 믿음이다. 시인의 이런 조화로

운 관계성relationship에 기인한 화평한 몸과 마음의 진작은 시인 자신의 실존적 현황과도 내밀하고 긴밀한 연계를 가지며 그 향수nostalgia와 동경의 심리적 기제mechanism로 작용하기도 한다. 존재와 존재, 무릇 세상에 미만彌滿한 숨탄것과 숨탄것은 어떤 형태이든 끈끈한 '짝'이라는 동행을 추구한다. 이 동행에의 추구는 정말 '난데없는' 것이 아니라 목숨을 지닌 모든 존재의 본원적인 심성이자 사랑의 본능적 형태로 조화造和의 퍼포먼스를 실현하게 한다.

　　단호한 뒷발치기로 사자를 물리친 후

　　수컷 두 마리가 서로 목을 비비면서

　　한쪽이 등을 내준다, 눈빛이 그윽하다

　　－「기린」

　자연계에서 앞서 말한 동행의 가치는 생존과 연계돼 있다. '단호한 뒷발치기로 사자를 물리친' 기린처럼 동족과의 동행을 위한 결단은 목숨의 실제적 자기보호인 동시에 상대방과의 목숨의 연대이기도 하다. 기린이 '서로 목을 비비면서/한쪽이 등을 내'주듯이 숨탄것인 기린은 본능적 사랑의 스킨십을 몸으로 보여준다. 촉망받는 존재는 아닐지

언정 총애를 한몸에 뒤집어쓰는 대상이 아닐지라도 모든 존재는 최소한의 갈애渴愛를 해갈하듯 목마름을 적셔가며 생존과 크고 작은 사랑의 생태계ecosystem을 이루어 간다.

박미자의 시적 모색은 듬쑥한 속종을 지닌 기린처럼 '한쪽이 등을 내'주듯 서정lirycism의 '눈빛이 그윽'해지도록 존재의 충만한 풍물과 경지를 돋아내고 그걸 자기만의 시적 언어로 특화特化하는데 남다른 열정이 닿아있다. 그 시적 열정은 존재의 결핍과 크고 작은 고통과 그리움과 아쉬움 등을 너름새 있게 통합하고 추스르는 냅뜰성으로 시조적 품을 깊게 넓혀가는데 그 발군의 기량이 내재돼 있다. 그런 의미에서 시인의 시조적 품성은 존재의 좌표를 유의미하게 찾아가는 시적 동기motive이면서 동시에 시인된 내면의식을 더 풍부하고 균질감 있는 시조적 정형과 다감한 존재의 감성을 고양시키는 견인차이지 싶다. 훤칠한 기린의 몸매처럼 고통을 고통에 함몰시키지 않고 사랑스런 서정의 모색을 부단히 일구어가는 시인의 눈에는 세상 험지와 어울린 오아시스와 무지개가 걸린 지평선이 코르사주corsage처럼 맺혀있다. 시인에게 시조는 그 눈에 맺힌 눈부처 같은 코르사주의 언어를 현실에 공명하는 가슴의 언어로 조화시키려는 시적 모색의 광휘로 자자하다.

바닷물 연고

2023년 8월 21일 초판 1쇄 인쇄
2023년 8월 30일 초판 1쇄 발행

지은이 | 박미자
펴낸이 | 孫貞順

펴낸곳 | 도서출판 작가
　　　　(03756) 서울 서대문구 북아현로6길 50
　　　　전화 | 02)365-8111~2　팩스 | 02)365-8110
　　　　이메일 | cultura@cultura.co.kr
　　　　홈페이지 | www.cultura.co.kr
　　　　등록번호 | 제13-630호(2000. 2. 9.)

편집 | 손희 김치성 설재원
디자인 | 오경은 박근영
영업 | 박영민
관리 | 이용승

ISBN 979-11-90566-62-9 03810

잘못된 책은 구입하신 서점에서 바꾸어 드립니다.

* 이 책은 ⬥울산문화관광재단의 후원을 받아 발간되었습니다.

값 10,000원